Eine Dresdner Trümmerscherbe erzählt
Burkhard Rühl

Eine Dresdner Trümmerscherbe erzählt

Nachempfunden
und gestaltet
von

Burkhard Rühl

Für Ines, die die Scherben ausgebuddelt
und mir die *Eine* geschenkt hat,
die hier ihre Geschichte erzählt.

Meine Geschichte

Ich bin eine ultramarinblaue, tulpenähnliche Blume. Hell- und dunkelblaue Vergissmeinnicht-Blütendolden umranken mich ein wenig auf einem zerbrochenen Stück Porzellan.

Eine Scherbensammlerin hat mich an den Dresdener Elbwiesen gefunden, dort, wo eine umstrittene Brücke gebaut werden soll. Der Bagger hatte schon Vorarbeit geleistet und das Gelände für die Bauarbeiten aufgewühlt.

Ich lag dort fast 63 Jahre lang etwas mehr als einen halben Meter tief unter der Grasnarbe.

Mein genauer Fundort ist am linken Ende der roten Linie, die die geplante Elbbrücke markiert.

Ich weiß selbst nicht mehr genau, von welch ehemaligem Ganzen ich ein Teil bin. Vielleicht von einem Teller, einer Schale oder einer Schüssel?

Jetzt bin ich nur noch eine Scherbe von dem, was ich einmal war. Trotzdem bin ich immer noch sehr schön.

Ich schlummerte im Dunkel der Erde all die Jahre nicht alleine. Ein abgebrochener Puppenarm, ebenfalls aus Porzellan, lag in meiner Nähe und dieser wiederum berührte mit dem abgebrochenen Teil seines Armes den unversehrten Kopf einer urgroßväterlichen Porzellanpfeife. Meine

beiden Begleiter lagen ihrerseits auf Tuchfüh-
lung mit anderen Scherben, von denen hier ein
Teil abgebildet ist. Zwischen uns und um uns
herum lagen noch Stein- und Erdklumpen.

Wir, die wir uns alle unter der Erde berührten
und ein sehr großes Gebiet ausfüllten -und es
immer noch tun, nur ohne mich und meine ans
Licht geförderten Scherbengenossen-, waren
durch ein und denselben Schicksalsschlag geeint.

Ihr müsst verstehen, wenn meine Erinnerungen so sind, wie ich selbst: bruchstückhaft.

An *Eines* jedoch erinnere ich mich noch sehr gut, es ging mir durch meinen ganzen Teller-, Schalen- oder Schüsselkörper, ich zitterte wie bei einem sehr sehr starken Erdbeben.

Ich spüre selbst jetzt noch in mir, in diesem kleinen Bruchstück, das Dröhnen und Beben von damals.

Nein, ich will diese Erinnerung nicht haben, ich wehre mich dagegen, doch je mehr ich mich wehre, desto stärker werden die Geräusche, ja, es tauchen jetzt sogar Bilder aus der Erinnerung auf, die mit den Geräuschen verbunden sind und die mir Angst machen, schreckliche Angst.

Die Angst will nicht, dass ich diese Erinnerungen noch einmal durchlebe, denn plötzlich kommen andere Bilder wie wunderbare Lichtblitze in mein kleines Scherbengedächtnis, die sich vor die schrecklichen Bilder schieben.

Ich klammere mich an sie wie an einen rettenden Strohhalm, ich konzentriere mich auf sie, und aufeinmal sind sie im Vordergrund, schöne Bilder, tief aus der Vergangenheit:

14. September 1935. Eine Frau steht mit einem kleinen Jungen vor einem Porzellanladen, sieht einen blauen Obstteller im Schaufenster, steht lange davor und sagt zu dem Jungen:

„Komm, lass uns in den Laden gehen, ich möchte mir mal den Teller näher ansehen"!

Der Junge ist fasziniert von all dem bunten Zeug im Fenster, und als sie in dem Laden sind, schaut er sich alleine um und bleibt bei den Porzellanpuppen stehen, die so lebendig aussehen, dass er am liebsten mit ihnen spielen möchte.

Die Mutter ermahnt ihn noch, nichts anzufassen, derweil bittet sie den Verkäufer, ihr den blauen Teller aus dem Schaufenster zu holen.

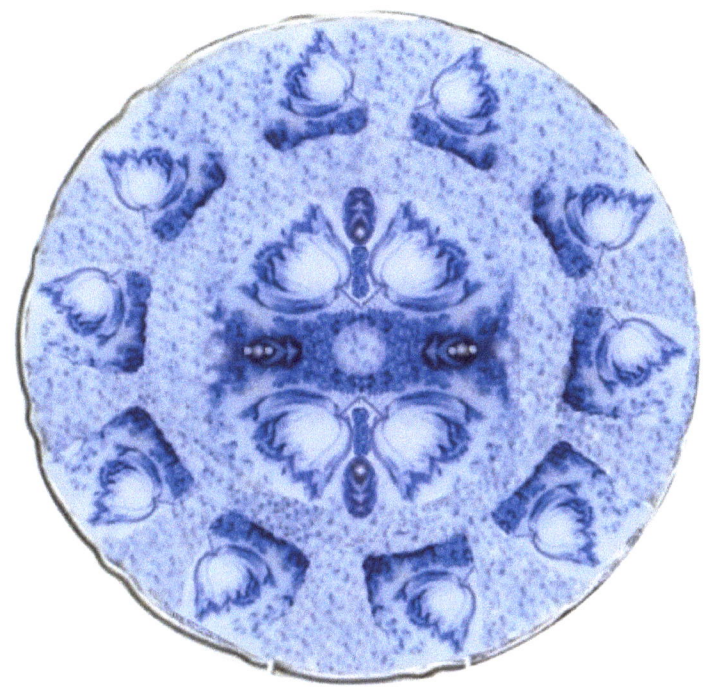

So, wie er vor ihr liegt, möchte sie ihn am liebsten gleich mitnehmen, aber als sie den Preis erfährt, ist er ihr doch ein bisschen zu teuer. Sie ist plötzlich unschlüssig, weil zuhause eigentlich genug Teller rumstehen.

Aber der hier gefällt ihr besonders, er erinnert sie an den Obstteller in ihrem Elternhaus. Sie versucht, den Preis ein bisschen herunterzuhandeln, der Verkäufer geht darauf ein und sie werden handelseinig, sie kauft also den Teller.

Auf dem Weg nach Hause kommen ihr Bedenken. Was wird ihr Mann sagen? Das, was er von der Arbeit nach Hause bringt, reicht gerade mal so eben für sie beide und den Jungen. Aber sie hat mit dem Nähen ein wenig hinzuverdient und davon etwas gespart, er wird schon nicht schimpfen.

Zuhause angekommen, packt sie den Teller aus und stellt ihn auf die Kommode, auf dem schon der Volksempfänger und der Kerzenleuchter stehen.

Als sie auf den Leuchter schaut, fällte ihr ein, dass sie die Kerzen vergessen hat. Na, ein an-

dermal, denkt sie. Sie wird dann auch gleich von ihrer Mutter, die im Garten einen Apfelbaum ihr eigen nennt, ein paar Äpfel für die Schale mitbringen.

Jetzt, nach diesen schönen Bildern aus meiner Vergangenheit, weiß ich, dass ich ein Obstteller war, dieser schöne Obstteller, und es befriedigt mich sehr, dies zu wissen.

Aber kaum habe ich diese Bilder in meinem kleinen Scherbengedächtnis gesehen, sind sie schon wieder verschwunden, und das schreckliche Bild mit den grausamen Geräuschen drängt mit Macht nach vorne, es will durchbrechen und ich kann es nicht mehr aufhalten. Der Veitstanz geht seiner Vollendung zu. Ich höre wieder das Aufschlagen meiner runden Form auf die Platte der Kommode, es ist, als springe ich hoch und runter, kreuz und quer und im Kreise zugleich. Es müssen die letzten Sekunden meiner unversehrten Existenz gewesen sein.

Diese gewaltigen, donnernden Erschütterungen, ich höre sie wieder ganz deutlich, es ist, als ob ich sie gerade erlebe:

Ich stehe auf der Kommode, neben mir, wie damals, der Volksempfänger, aber das Foto mit dem schwarzen Rahmen vor dem Kerzenleuchter hatte damals noch nicht dort gestanden. Es zeigt einen Soldaten in Uniform. Es steht angelehnt an den Kerzenleuchter.

Ein paar Luftschlangen hängen an der Lampe und über dem Bild mit der Birke in der Heidelandschaft.

Es ist Karnevalsdienstag, 13. Februar 1945.

Ich, die Obstschale, bin halbgefüllt mit vier rotgelben Äpfeln, die die Mutter der Familie, die in dieser Wohnung lebt, von ihrer Mutter auf dem Lande bekommen hat.

Die beiden Kleinen (ja, mittlerweile sind es zwei), laufen mit lustigen Hüten auf dem Kopf herum. Die Gesichter der Kinder sind bemalt.

Es wird Abend. Die Mutter schaltet das Licht der einen Glühbirne, die noch erlaubt ist, an und lässt die Verdunkelungsvorhänge herunter, bereitet das Abendbrot vor und ruft die Kinder zum Essen.

Es gibt nicht viel. Die Lebensmittelkarten sprechen Bände.

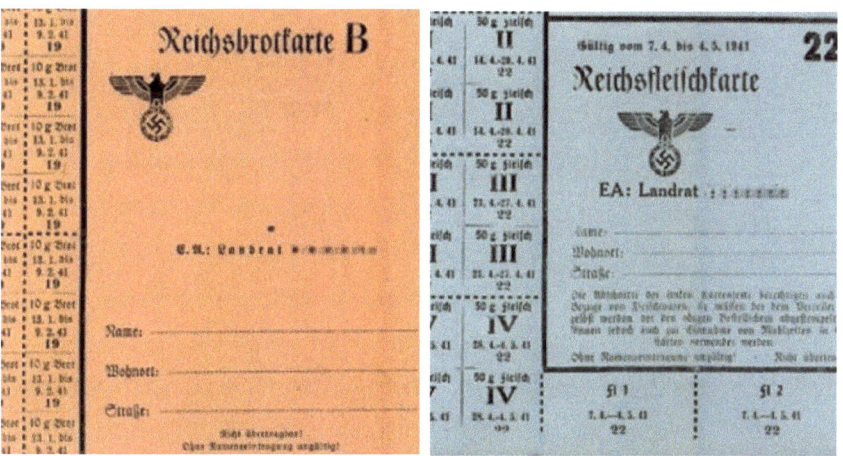

Die Familie isst Brot, Margarine, Rübenmus, dazu den außerordentlichen Luxus von etwas Speck, den die Oma ihr mitgegeben hat. Getrunken wird Brennnesseltee. Als Nachspeise darf sich jeder aus mir einen Apfel herausgreifen.

Es ist nicht sonderlich warm in der Stube, die paar Kohlen, die noch im Keller liegen, sind Kostbarkeiten, die sonntags verheizt werden. Gewiss, es sind noch ein paar Bücher da, die schon gelesen, aber zum Verschüren doch zu schade sind, andere sind ja schon im Ofen gelandet, im Januar, als es so bitter kalt war. Die überflüssigen Möbelstücke, die eigentlich nicht überflüssig waren, aber mehr Heiz- als Nutzwert hatten, sind auch schon zu Asche verbrannt, und auf Holzklau aus den Grünanlagen steht hohe Strafe, da muss man sich halt warm anziehen.

Nach dem Essen gehen die Kinder ins Bett, der ältere Junge liest noch in einem Buch, die Mutter strickt aus Wollresten und aufgedribbelten Pullovern und anderen wollenen Kleidungsstücken einen neuen Pullover für den Jüngsten und denkt dabei an ihren Mann, an den Vater ihrer Kinder.

Sie sitzt auf einem Stuhl neben der Kommode und schaut sich das Foto von ihm an. Ihr kommen die Tränen.

Vor bald einem Jahr bekam sie von der Kreisleitung ein Schreiben, in dem bedauert wird, dass ihr Mann im Felde in Russland gefallen ist. Die Auszeichnung, die er im Nachhinein wegen besonderer Verdienste verliehen bekam, liegt in einem Kästchen im Kleiderschrank. Billiger Trost, denkt sie.

Gegen 21Uhr 15 macht sie aus einer Eingebung heraus und aus Erfahrung den Volksempfänger an. Um 21 Uhr 30 wird das Propaganda- und Marschmusikprogramm unterbrochen. Es ertönt der dreimalige Kuckucksruf. Nach dieser Vorwarnung erfolgt die Durchsage:

„Achtung, Achtung, starke feindliche Bomberverbände befinden sich im Anflug auf das Stadtgebiet...".

Nach 174 Fliegeralarmen in der Stadt weiß die Frau, was sie zu tun hat: Kinder geweckt, Notkoffer hervorgeholt, runter in den Keller.

Die Kellerdecke war einige Monate zuvor mit Balken und Stempeln so abgestützt worden, dass ein provisorischer Luftschutzraum entstanden war.

Verschlafen trotten die Kleinen der Mutter hinterher, die vier Treppen hinunter in den Schutzraum.

Sie sind diese Szenerie schon gewöhnt, besonders in letzter Zeit hatten die Sirenen oft geheult.

Auf dem Weg nach unten sehen sie durch die Treppenfenster, dass die Stadt von oben hell er-

leuchtet ist: *Leitbomber werfen Leuchtkugeln, sogenannte Christbäume, auf die Stadt, um den nachfolgenden Bombern besseres Zielen zum Abwurf ihrer zerstörerischen Fracht zu ermöglichen.*

Die Mutter mahnt zur Eile, reißt die Kinder vom Fenster weg.

Die Kinder ahnen, dass das nichts Gutes zu bedeuten hat, können sich jedoch nicht im Entferntesten vorstellen, was nun auf sie zukommen wird.
Kaum im Keller angekommen, krachen die ersten Einschläge.

Das schauerliche Geheul der fallenden Bomben, das Wummern der Explosionen, mal nah, mal weiter entfernt, das auf und abschwellende Geräusch der über ihnen hinwegziehenden Bomber übertönt die Angstschreie der Kellerinsassen.

Im Keller drängeln sich die verängstigten Hausbewohner. Spärliche Notbeleuchtung erhellt dürftig den muffigen Raum. Ohrenbetäubender Lärm, Krachen, Explosionen, Erschütterungen, der Keller bebt.

Die Dauer dieses Angriffes scheint endlos zu sein. Nachdem die Flugzeuge den Luftraum über Dresden verlassen haben, was am Ausbleiben der Motorengeräusche zu hören ist, begibt sich die Familie nach oben in die Wohnung zurück.

Durch die Flurfenster im Treppenhaus sieht sie, dass die ganze Stadt von Bränden blutrot erleuchtet ist.

Die Wohnung ist weitgehend verwüstet, aber noch begehbar. Die Kommode mit dem Obstteller und dem Volksempfänger ist unversehrt. Das Foto ist umgefallen, das Glas zerbrochen. Überall liegt Staub und Mörtel.

Die Kinder schielen durch den Vorhang: Zwischen den brennenden Häusern rennen Men-

21

schen die Straße entlang, Richtung Elbwiesen. Die Mutter schickt ihre Kinder angezogen in die Betten, die noch stehen und die sie notdürftig schnell herrichtet.

Nach etwa zwei Stunden beginnt das Inferno erneut, dieses Mal ohne Sirenengeheul. Kaum langt die Familie im Keller an, wird das Haus von einer Sprengbombe getroffen.

Deutlich spüren alle Hausbewohner, die es geschafft haben, sich in den schützenden Raum zu retten -und das sind nicht viele- die Explosion unmittelbar über sich, gefolgt von dem Getöse und dem Druck des zusammenstürzenden Hauses mit immerhin fünf Stockwerken.

Die, die es nicht in den Keller geschafft haben, stürzen mit den Trümmern hinab in die Tiefe. Nach und nach brechen die größten Teile des Kellers zusammen, auch der Luftschutzraum wird in Mitleidenschaft gezogen, die Luft wird schlecht, der Kalkstaub ätzt die Augen, das Atmen fällt schwer, das Bersten der umliegenden Keller und das Schreien einiger Hausbewohner lähmt den Überlebensmut. Die Mutter sucht ihre Kinder zu beruhigen.

Am Ende des zweiten Bombardements, nach etwa einer halben Stunde, - lebt von 38 Hausbewohnern nur noch die Mutter mit ihren drei Kindern, eine benachbarte Familie, sowie eine Frau aus dem vierten Stock, die den Verstand verloren hat. Sie sind im halb zerstörten Keller eingeschlossen.

Am Vormittag befreit ein Bergungstrupp die Eingeschlossenen.

Als die Familie aus dem Keller über den Trümmerberg kriecht, der einmal das Haus war, kann sie nicht glauben, was geschehen ist.

Ein gewaltiger Feuersturm, ausgelöst durch Luftsauerstoffmangel in der in Brand stehenden Stadt empfängt sie. Von den Dächern der stehengebliebenen Häuser tropft eine brennende Flüssigkeit.

Schreiende Menschen, die wie Fackeln brennen, überholen sie und brechen zusammen. Die Mutter und ihre Kinder können sich nicht auf den Füßen halten und kriechen auf allen Vieren die Straße entlang.

Die Menschen versuchen so schnell wie möglich, die Stadt zu verlassen, als würde ein nächster Angriff unmittelbar bevorstehen.

Langstreckenjäger beschießen die Flüchtenden mit ihren Bordkanonen, jaulen im Tiefflug über sie hinweg, wenden über dem 'Blauen Wunder' und kommen zurück.

Ich war einmal ein Obstteller

Nachdem die Mutter mit ihren Kindern, als der erste Angriff vorüber war, noch einmal hochgekommen war, sahen alle die verwüstete Wohnung.

Ihr Blick streifte die Kommode, mich und den Volksempfänger.

Oben in der Stube erlebe ich als Obstteller meine letzten Sekunden, als plötzlich, inmitten des Getöses in mir und um mich herum etwas Großes und Schweres mit Donnern und Krachen und Splittern auf mich herabfällt, und der Halt unter mir in die Tiefe stürzt.

Ich zerberste in wer weiß wie viele kleine Stücke, und ich, als ein Teil davon, als Scherbe, die nach mehr als einem halben Jahrhundert wieder ans Tageslicht kommen soll, lande unter Trümmerschutt, Menschen, zerborstenen Möbeln, Küchengeräten, zerrissenen Leitungen, zerfledderten Buchteilen, gespaltenen Dielenbrettern und zertrümmertem kleinen und großen Zeug, das ehemals alles Teil einer mit Leben gefüllten Wohnung war, auf der Strasse, überschüttet mit

Staub, Mörtel und Ziegelsteinen. Kleine, nicht verschüttete Teile von mir sind auf dem Bild zu erkennen.

Dresden danach

Die Aufräumarbeiten
nach den Bombenangriffen

Auch ich werde aufgeräumt

Mein Ich als Obstschale hat sich aufgelöst in viele kleine Scherben-Ichs. Das Eine liegt da, das Andere dort.

Von meinen Scherbenbrüdern weiß ich nichts, ihnen ergeht es gewiss nicht anders als mir:

Ich werde von einem rasselnden Bagger

oder vielleicht auch von schwerst arbeitenden

Trümmerfrauen, die sich zwischendurch von den Strapazen zur Leierkastenmusik tanzend erholen,

zusammen mit anderem Schutt auf eine dieser Loren geschaufelt, für die eigens eine Gleisstrecke gebaut wurde und auf den Trümmerhaufen des Krieges an den Elbwiesen gefahren.

Hier werde ich ausgekippt. Später verteilt man uns gleichmäßig über das Gelände.

Ich finde mich neben einem zerbrochenen Puppenarm und einem Pfeifenkopf wieder. Ich fühle das nur, denn es ist dunkel, fast 63 Jahre Nacht.

Mit mir wurde meine Geschichte begraben, meine Geschichte, die auch die Geschichte der Familie ist, bei der ich auf der Kommode stand, und auch die Geschichte der Kinder, die mit der Porzellanpuppe gespielt haben und auch die Geschichte des Mannes, der die alte Pfeife geraucht hat. Jede Scherbe, die hier in Dresden begraben liegt und lag, hat ihre eigene Geschichte, und alle zusammen sind Teil der Geschichte der Stadt, ihres Lebens und ihrer Zerstörung, und auf all diesen Geschichten baut eine neue Geschichte auf.

Das neue Dresden

Dieses Mosaik der Silhouette vom neuerstandenen Dresden hat die Finderin der Scherbe aus Trümmerscherben von den Elbwiesen hergestellt.

Solltet ihr, liebe Leser, in diesem Büchlein die Anklage gegen den Kriegstreiber, den Hitlerfaschismus, vermissen, so sei euch gesagt, dass mein Schreiber die Absicht hatte, nur meine Geschichte zu erzählen, nicht die Geschichte des zweiten Weltkrieges und dessen Ursachen. Dass der deutsche Nationalsozialismus eine Verbrecherorganisation war und letztendlich verantwortlich gewesen ist für die Zerstörungen, die hier beschrieben wurden, steht für ihn außer Zweifel.

Als derjenige, der meine Erlebnisse hier aufgeschrieben hat, in allen möglichen Quellen nachforschte, war ich, die Scherbe, als Gegenstand der Untersuchung natürlich immer dabei, ich liege ja jetzt auf seinem Arbeitstisch. Ich habe miterlebt, wie er auf andere Städte gestoßen ist, die zerstört wurden und in denen Millionen von Scherben auf die gleiche Art entstanden sind, wie ich. So habe ich nicht nur Scherbenbrüder in Dresden, sondern auch in

Coventry,

Rotterdam

Warschau

und in vielen anderen Städten. Sie alle ruhen ir-
gendwo unter der Erde, und ab und zu kommt die
eine oder andere von ihnen zum Vorschein, vielleicht, wenn ein Haus, eine Strasse, oder, wie in
meinem Fall, eine Brücke gebaut wird.
Ich fühle mich mit ihnen allen verbunden.

Zum Abschluss dieser Geschichte, die mit dem Ausbuddeln der Scherben begonnen hat, soll noch eine Kuriosität eingefügt werden, mit der Alles überhaupt begann:

Als der Baggerführer die ersten Schaufeln Erdreich für den Bau der neuen Brücke in Dresden aushob, fand ein Arbeiter einen merkwürdigen Porzellanklumpen darin, den er herausholte und säuberte. Hier ist das kuriose Fundstück abgebildet.

Es ist heil geblieben und lächelt über die Vergangenheit hinweg den Dresdenern zu!

Anmerkung des Verfassers

Als ich im Dezember 1943 in der Nähe von Berlin geboren wurde, begannen in der Noch-Reichshauptstadt die Bombardierungen. Nach dem Krieg flohen wir an den Niederrhein, in einen Nachbarort von Kleve, das auch in den letzten Kriegsmonaten noch zerbombt wurde.

Es gab in dieser Stadt einige Trümmergrundstücke, an die ich mich noch sehr gut erinnere, weil dort die Goldrute und der Feuerdorn wuchsen, von denen ich ab und zu meiner Mutter einen Strauss pflückte. An der Häuserwand des stehen gebliebenen Hausteiles war noch eine Zimmerwand mit Kacheln von Küche und Bad zu sehen.

Als kleines Kind wusste ich nichts vom Krieg. Zu Hause wurde nicht darüber gesprochen. Erst 1956 wurde ich selbst damit konfrontiert, als mein Onkel etwas Furchtbares machte: er erschlug meine Mutter.

Warum ich das hier erwähne? Diese Tat war eine unmittelbare Folge des Krieges, denn mein Onkel wurde im Krieg von einer Granate getroffen, die ihm eine Hand abriss und das Gehirn verletzte. Die im Hirn steckengebliebenen Splitter wanderten und verursachten später einen Gehirntumor, der in ihm einen Zustand der Verwirrung erzeugte. In diesem Zustand begang er dann die Tat.

Mir, uns allen fehlte plötzlich das Herzstück. Ein Teil in mir und auch die Familie war zerbrochen. Ich fühlte mich wie eine Scherbe, der das Ganze fehlte.

Und dennoch, weil ich jung war und die Liebe meiner Mutter zwölf Jahre lang bekommen hatte, überstand ich den Schock, war lebensmutig und konnte mich ab meinem 19ten Lebensjahr alleine durchs Leben schlagen.

Als ich vor ein paar Jahren in einem Internetservice eine Partnerin suchte, die ich in einer Dresdenerin fand, hatte ich ein Lebensmotto angeben sollen. Ich schrieb:

„Ich verstehe es,
aus einem Scherbenhaufen
etwas Schönes zu machen.“

Die ganze Bedeutung dieses Mottos wurde mir so richtig bewusst, als ich von ihr die Dresdener Scherbe bekam, von der dieses Büchlein handelt.

Ich fühlte mich damals, ohne meine Mutter, wie eine Scherbe, und jetzt, wenn ich zurückblicke, erkenne ich, dass es mir gelungen ist, aus dem Scherbenhaufen, den mein Onkel in mir und meiner Familie angerichtet hat, etwas Schönes zu machen. Mein Leben ist ein buntes Mosaik geworden.

Aber auch im wörtlichen Sinne habe ich nach dem obengenannten Motto gelebt:

Auf vielen meiner Reisen, die ich zu Fuß und mit dem Rad in der Weltgeschichte unternommen habe, sammelte ich hier und da Scherben. Ich fand sie in ausgetrockneten Flussbetten, an den Stränden der Meere, auf Marktplätzen, am Weges- oder Straßenrand. Ich durchwühlte Scherbenhaufen eines Polterabends, die in den Wald gekippt waren, klaubte Scherben aus Waldwegen heraus, stapfte über Bauschuttdeponien..., bis ich eine ansehnliche Menge zuhause in einer Kiste angesammelt hatte. Als ich so langsam zur Ruhe kam, gestaltete ich aus diesen und später auch aus anderen Scherben und Mosaiksteinen Mosaikbilder, von denen ich hier einige zeigen möchte:

Scherben aus Europa, auf einer Radreise gesammelt

Ehemaliges Garagentor in meinem Hof, 2,30 x 2,30 m

41

Orientalische Impressionen

Scherben aus Portugal

Wandmosaik in meinem Hof

43

Ich liebe Blau

Papageien im Blumenwald

Mein Zuhause von außen

Tellerschlange

45

Anhang

Mir kam es bei der Darstellung der Bombenangriffe am 13. und 14. Februar 1945 auf Dresden besonders auf die lebendige Schilderung an.

Viele Augenzeugen der damaligen Ereignisse haben ihre Erlebnisse niedergeschrieben und ins Internet gestellt. Sie dienten mir als Vorlage für meine Geschichte.

Ich bin ihnen dankbar dafür, dass sie auf diese Weise die Geschehnisse vor dem Vergessen bewahrt haben und ich sie für meine Arbeit nutzen konnte.

Um diesen persönlichen Erinnerungen eine möglichst objektive Sicht hinzuzufügen, habe ich mich dazu entschlossen, im Folgenden den Artikel über die Luftangriffe aus dem Internet-Lexikon Wikipedia abzudrucken. Mein Dank gilt denen, die diesen Artikel verfasst und veröffentlicht haben.

Mögen auch hier subjektive Betrachtungen eingeflossen sein, so enthält dieser Artikel doch Fakten, die in den Augenzeugenberichten nicht erwähnt werden.

Ich wünsche mir, dass alle Quellen dazu dienen, dem Leser ein umfassendes Bild der Zerstörung Dresdens zu vermitteln.

Der Luftangriff auf Dresden
(Wikipedia - Internetlexikon)

Den Angriffsbefehl zu den im Folgenden be-
schriebenen schweren Bombardierungen gab
Arthur Harris, seit 1942 Oberbefehlshaber des
britischen „Bomber Command". Seitdem war
der Wechsel von Nachtangriffen der RAF (royal
airforce) und Tagesangriffen der USAAF (USA-
airforce) üblich. Das Codewort für die Angriffe
auf Dresden lautete „Chevin". Sechs Bomber-
staffeln flogen gegen 17:30 von ihren Horsten
in Südengland über zwei Routen in das
Reichsgebiet ein. Hinter der Westfront flogen
einige Begleitjäger andere Routen zur Irrefüh-
rung der deutschen Luftabwehr.

Erste Angriffswelle
in der Nacht vom 13. auf den 14. Februar

Am Faschingsdienstag, 13. Februar 1945 um
21:45, wurde in Dresden der 175. Fliegeralarm
ausgelöst. Die Menschen begaben sich in die
Keller ihrer Häuser oder Wohnblocks. Luft-
schutzbunker gab es kaum, da die Behörden
unter Gauleiter Mutschmann den Schutz der
Bevölkerung, trotz lange bestehender Pläne, zu
Gunsten der Kriegswirtschaft vernachlässigt
hatten. Die Angriffe begannen bei aufgeklartem
wolkenlosen Nachthimmel. Um 22:03 wurde
die Innenstadt mit Lichtkaskaden („Christ-
bäumen") ausgeleuchtet, zwei Minuten darauf
wurden rote Zielmarkierungen auf das gut

48

sichtbare Heinz-Steyer-Stadion nordwestlich des Stadtkerns, im Ostragehege, abgeworfen.

Von 22:13 Uhr bis 22:28
fielen die ersten Bomben.

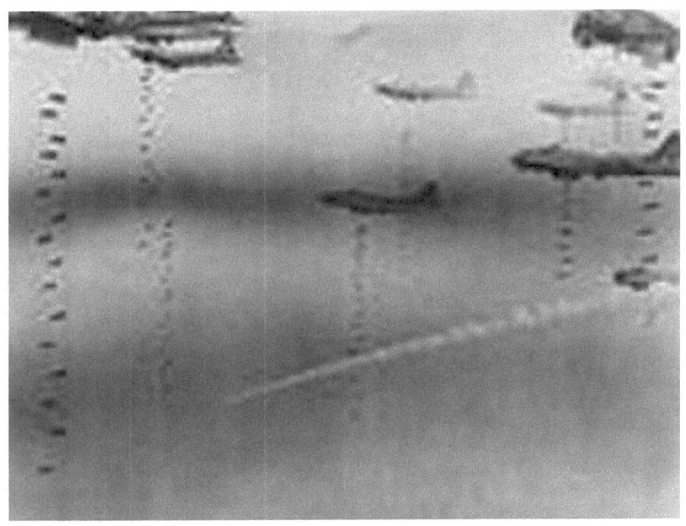

Britische Bomber der Pionier-Einheit „Nr. 5" zerstörten die Gebäudedächer mit 529 Luftminen und 1800 Spreng- und Brandbomben, insgesamt 900 Tonnen. Sie gingen südwestlich des Zielpunktes in einem 45-Grad-Fächer zwischen der großen Elbschleife im Westen der Stadt, dem in-

dustriell bebauten „Ostragehege" (heute Mes-
segelände) und dem Hauptbahnhof, etwa 2,5 km
Luftlinie entfernt, nieder. In diesen 15 Minuten
wurde bereits eine Fläche von etwa drei Vier-
teln der Dresdner Altstadt in Brand gesetzt.
Gezielte Treffer einzelner Gebäude waren bei
diesen Nachtangriffen der RAF weder beab-
sichtigt noch möglich. Vielmehr sollte ein
Bombenteppich die Innenstadt flächig zerstö-
ren.

Zweite Angriffswelle
in der Nacht vom 13. auf den 14. Februar

Um 1:23 Uhr begann die zweite Angriffswelle mit
529 britischen Lancaster-Bombern. Sie warfen bis
1:54 Uhr insgesamt 650.000 Stabbrandbomben –
1500 Tonnen – über einem Gebiet von Löbtau bis

Blasewitz und von der Neustadt bis Zschertnitz ab. Die von der ersten Angriffswelle verursachten Brände dienten nach Augenzeugenberichten englischer Fliegerbesatzungen zur Orientierung für die nachfolgenden Bomber. Ihre Bomben trafen auch die Elbwiesen und den Großen Garten, wohin viele Dresdner nach der ersten Welle geflüchtet waren, und beschädigten auch Kliniken, wie die Frauenklinik Pfotenhauer Straße und das Diakonissenhaus Neustadt, schwer. Beide Bombardements betrafen ein Stadtgebiet von etwa 15 Quadratkilometern.

Die zweite Angriffswelle verhinderte weitere Löschaktionen, so dass sich die zahlreichen Einzelfeuer rasch zu einem orkanartigen Feuersturm vereinten. Dieser zerstörte ganze Straßenzüge; in der extremen Hitze schmolzen Glas und Metall. Der starke Luftsog wirbelte auch größere Gegenstände und Menschen umher oder zog sie ins Feuer hinein. Menschen verbrannten, starben durch Hitzeschock und Luftdruck oder erstickten in den Luftschutzkellern an Brandgasen. Wer sich ins Freie retten konnte, war auch dort dem Feuersturm und detonierenden Bomben ausgesetzt.

Weitere Bücher vom selben Autor:

- Eine Radreise von Nürnberg nach Afrika
- Der wandelnde Kochtopf
- Gedichte, Märchen, Tiergeschichten

Herstellung und Verlag:
BoD - Books on Demand, Norderstedt
ISBN 978-3-7386-7446-1